W9-ANN-680

ALFAGUARA

La Jirafa, el Pelícano y el Mono

Roald Dahl

Ilustraciones de Quentin Blake

INFANTIL

Título original: THE GIRAFFE AND THE PELLY AND ME
La Jirafa, el Pelícano y el Mono
D.R. © Del texto: ROALD DAHL, 1985.
D.R. © De las ilustraciones: QUENTIN BLAKE, 1985.
D.R. © De la traducción: JUAN R. AZAOLA.

D.R. © De esta edición:
Aguilar, Altea, Taurus, Alfaguara, S.A. de C.V., 2001
Av. Universidad 767, Col. Del Valle
México, 03100, D.F. Teléfono 5688 8966
www.alfaguarainfantil.com.mx

Alfaguara es un sello editorial del **Grupo Santillana**.
Éstas son sus sedes:

ARGENTINA, BOLIVIA, CHILE, COLOMBIA, COSTA RICA, ECUADOR,
EL SALVADOR, ESPAÑA, ESTADOS UNIDOS, GUATEMALA, MÉXICO,
PANAMÁ, PERÚ, PUERTO RICO, REPÚBLICA DOMINICANA,
URUGUAY Y VENEZUELA.

Primera edición en Alfaguara México: enero de 2001.

ISBN: 968-19-0756-6

Impreso en México

Todos los derechos reservados. Esta publicación no puede ser repro-
ducida, ni en todo ni en parte, ni registrada en o transmitida por un
sistema de recuperación de información, en ninguna forma ni por
ningún medio, sea mecánico, fotoquímico, electrónico, magnético,
electroóptico, por fotocopia o cualquier otro, sin el permiso previo,
por escrito, de la editorial.

La Jirafa, el Pelícano y el Mono

Roald Dahl

A Neisha,
Charlotte y
Lorina

No muy lejos de donde vivo hay una casa de madera abandonada, vieja y misteriosa, que se alza solitaria a un lado de la calle. Siempre he deseado explorar su interior, y cuando curioseo por una de sus ventanas, todo lo que consigo ver es polvo y oscuridad. Sé que la planta baja fue en otros tiempos una tienda, pues aún puedo leer un cartel descolorido en la fachada que dice EL EMPACHADERO.

Mi madre me ha dicho que antiguamente en nuestra región esa palabra significaba dulcería, y ahora cada vez que la veo pienso para mis adentros lo preciosa que debió ser esa vieja dulcería.

En el escaparate alguien había escrito con pintura blanca las palabras SE BENDE.

Una mañana me fijé que habían borrado el SE BENDE del escaparate y que en su
lugar alguien había pintado BENDIDO. Me
quedé mirando el nuevo cristal y diciéndome que
ojalá hubiera podido ser yo el que la hubiera
comprado, porque entonces me hubiera dedi-
cado a convertirla otra vez en un empachadero.
Siempre he deseado con todas mis fuerzas tener
una dulcería. La dulcería de mis sueños esta-
ría forrada de arriba abajo con Chupones de
Sorbete y Crujientes de Caramelo y Tofees
Rusos y Delicias de Azucarillo y Chicles de
Crema y miles y miles de otras glorias pareci-
das. ¡Hay que ver lo que yo hubiera hecho con
ese viejo empachadero si hubiera sido mío!

En mi siguiente visita a aquel lugar, estaba yo contemplando desde la acera de enfrente el viejo y maravilloso edificio cuando de repente una enorme tina salió disparada por una de las ventanas del segundo piso y fue a estrellarse en mitad de la calle.

Poco después, un retrete de porcelana blanco, que aún tenía sujeto su asiento de madera, salió volando por la misma ventana y aterrizó haciéndose añicos, al lado de la tina.

Al retrete le siguió un fregadero, una jaula de canario vacía, una cama con dosel, dos bolsas de agua caliente, un caballito de madera, una máquina de coser y Dios sabe cuántas cosas más.

Parecía como si un loco estuviera arrancando todo lo que había dentro, porque también caían zumbando desde las ventanas trozos de escalera, pedacitos de barandilla y montones de baldosas viejas.

Después se hizo el silencio. Esperé un buen rato pero no salió ningún otro ruido del interior de la casa. Crucé la calle, me puse justo debajo de las ventanas y grité:

—¿Hay alguien en casa? —no hubo respuesta.

Acabó anocheciendo, así que tuve que regresar andando a casa. Pero podría apostar la vida a que nada me iba a impedir volver corriendo a la mañana siguiente a ver qué nueva sorpresa me esperaba.

Cuando volví a la mañana siguiente me fijé, antes de todo, en la nueva puerta. La vieja y sucia de color marrón había desaparecido y en su lugar alguien había instalado una completamente nueva de color rojo. La puerta nueva era fantástica. Era el doble de alta que la anterior y resultaba rarísima. No podía imaginarme quién podría necesitar una puerta tan tremendamente alta en su casa a menos que fuera un gigante.

LA COMPAÑÍA
DE
LIMPIAVENTANAS
DESESCALERADOS
consiga los cristales
de sus ventanas
limpiar sin
aguantar puercas
escaleras
apoyadas en
su ca

La CLD

También habían borrado del escaparate el cartel de BENDIDO y ahora había un montón de cosas escritas sobre el cristal. Lo leí y releí, tratando de descifrar qué diantre significaban aquellas palabras.

Intenté captar algún ruido o signo de movimiento dentro de la casa, pero no hubo ninguno… hasta que de repente… con el rabillo del ojo… vi que una de las ventanas del último piso empezaba a abrirse lentamente hacia afuera.

A continuación, una CABEZA asomó por la ventana abierta. Me quedé mirándola. La cabeza también me miraba con unos ojos negros, grandes y redondos.

De repente, una segunda ventana se abrió de par en par y apareció algo muy curioso, un inmenso pájaro blanco que, de un salto, se quedó encaramado en el alféizar. Supe qué animal era por su increíble pico, que parecía una enorme palangana de color naranja.

El pelícano me miró desde arriba y se puso a cantar:

Por comer estoy ansioso
Un pescado bien sabroso
Sólo deseo probar
Ese plato delicioso
¿Estamos lejos del mar?

—Estamos muy lejos del mar —le respondí—, pero aquí cerca, en el pueblo, encontrarás un pescadero.

—¿Un pesca... qué?

—Un pescadero.

—¿Y qué significa eso? —preguntó el pelícano—. He oído hablar del pastel de pescado, del pudín de pescado y de los buñuelos de pescado, pero jamás de un pescadero. ¿Los pescaderos se comen?

La pregunta me desconcertó un poquito, y le dije:

—¿Quién es ese amigo tuyo asomado a la ventana?

—La Jirafa —me contestó el pelícano—. ¡Es maravillosa! Tiene las patas en la planta baja y asoma la cabeza por las ventanas del último piso.

Por si esto fuera poco, la ventana del *primer piso* se abrió de par en par y de repente apareció un mono.

El mono se quedó en el alféizar y empezó a bailar dando saltitos. Era tan delgado que parecía hecho con hilos de alambre recubiertos de pelo.

Bailaba estupendamente, mientras yo le aplaudía y le animaba, bailando también para acompañarle.

—Somos los limpiaventanas —cantaba el mono.

Limpiamos su ventanal:
brillará como el metal
¡como destella sobre el mar el sol!
Rapidez y servicio,
dedicación y oficio.
¡La Jirafa, el Pelícano y yo!

Hay que ver para creer,
lo que sabemos hacer.
¡Es increíble tanto fulgor!
Nos pondremos a limpiar
sin parar ni a merendar.
¡La Jirafa, el Pelícano y yo!

Usamos agua y jabón,
experiencia y atención.
¡Pero jamás escaleras, no, no!
No las necesitamos,
a lo más alto llegamos.
La Jirafa, el Pelícano y yo.

Me quedé boquiabierto. Después oí a la Jirafa que le decía al Pelícano desde la ventana de al lado:

—Pelícano, encanto, haz el favor de bajar volando y subirnos aquí a ese hombrecito para que hablemos con él.

LA COMPAÑIA DE
LIMPIAVENTANAS
DESESCALERADOS

Consiga los cristales
de sus ventanas
limpiar sin
aguantar puercas
escaleras
apoyadas en
su casa.

El Pelícano desplegó sus enormes alas blancas inmediatamente y bajó volando hasta posarse en la calle junto a mí.

—Salta —dijo abriendo su enorme pico.

Me quedé mirando fijamente aquel gran pico naranja y di un paso atrás.

—Salta —gritó el Mono desde su ventana—. El Pelícano no te va a comer. ¡Súbete!

—Sólo entraré si me prometes que no cerrarás el pico cuando esté adentro —le dije al Pelícano.

—No tienes nada que temer —gritó el Pelícano.

Y la razón te la explico:
¡Tengo un sorprendente pico!
¡Un pico muy especial!
Nunca verás nada igual.
Su magia te va a cautivar,
salta dentro y déjate llevar.

—No saltaré ahí —le dije—, hasta que me jures por tu honor que no lo cerrarás cuando esté adentro. No me gustan los espacios pequeños y oscuros.

—Cuando haya hecho lo que estoy a punto de hacer, no podré cerrarlo —dijo el Pelícano—. Me parece que no entiendes cómo funciona mi pico.

—Explícamelo —le dije.

—Mira —gritó el Pelícano.

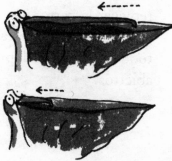

Ante mi asombro, vi cómo la mitad superior del pico del Pelícano empezaba a deslizarse suavemente hacia atrás, hacia la cabeza, hasta que desapareció casi totalmente.

—Se repliega hacia dentro de mi cuello —gritó el Pelícano—. ¿Verdad que es muy peculiar? ¿No te parece mágico?

—Es increíble —le dije—. Es exactamente igual que una cinta métrica que tiene mi padre en casa. Cuando está fuera se queda derecha; cuando la empujas hacia dentro se pliega y desaparece.

—Así es —dijo el Pelícano—. Ya lo ves, la parte superior no la utilizo más que para masticar a los peces. Lo importante es la parte inferior, jovencito. La parte inferior de mi maravilloso pico es el cubo donde transportamos el agua para lavar las ventanas. Por eso, si no pudiera replegar la parte superior, tendría que estar todo el día con el pico abierto.

Cuando voy a trabajar
me lo tengo que guardar,
y aun así, nunca me quedo callado.
Y donde quiera que voy
todos ya saben que soy
¡el Pelícano del Pico Patentado!

Si quiero comer pescado
(que es mi plato deseado),
bastará con un pellizco en este lado.
El pico se despliega en un segundo
y grita de entusiasmo todo el mundo:
¡el Pelícano del Pico Patentado!

—Ya está bien de presumir —gritó el Mono desde la ventana de arriba—. La Jirafa está esperando.

Trepé hasta el pico naranja y el Pelícano, con un aleteo, me transportó hasta su sitio en el alféizar de la ventana.

La Jirafa me miró desde la ventana y dijo:

—¡Hola! ¿Qué tal? ¿Cómo te llamas?

—Billy —le dije.

—Bien, Billy. Necesitamos tu ayuda y la necesitamos ahora mismo. Tenemos que conseguir unas cuantas ventanas que podamos limpiar. Nos hemos gastado hasta el último centavo en comprar esta casa y tene-

mos que ganar algún dinero rápidamente. El Pelícano está desfalleciente, el Mono está desnutrido y yo me muero de hambre. El Pelícano necesita pescado. El Mono necesita nueces, y alimentarme a mí es aún más complicado. Soy una jirafa geraniácea, y una jirafa geraniácea tan sólo puede comer las flores rosadas y purpúreas del árbol del retintín. Pero éstas, como seguramente sabes, son difíciles de encontrar y caras de comprar.

El Pelícano exclamó:

—¡Ahora mismo tengo tanta hambre que me comería una sardina rancia!

¿Ha visto alguien una rancia sardina,
o de bacalao una triste espina?
Me comería eso mismo en el acto,
pues del hambre no aguanto el impacto.

Cada vez que hablaba el Pelícano, el pico (en cuyo interior estaba yo) se agitaba alocadamente arriba y abajo, y, claro, tanto más se agitaba cuanto más se excitaba su dueño.

Luego dijo el Mono:

—Lo que *en realidad* le vuelve loco a Peli es el salmón.

—¡Sí, sí! —exclamó el Pelícano—. ¡Salmón! ¡Qué gloria, un salmón! Todo el día estoy soñando con él, pero nunca pruebo ni uno.

—¡Y yo sueño con nueces! —gritó el Mono—. Una nuez recién arrancada del árbol es algo tan goloso-rechupetil, tan aromático-sabroso, tan delicioso de comer que sólo con pensar en ello me quedo como flotando.

En aquel preciso momento, un amplio Rolls-Royce blanco avanzó hasta justo debajo de nosotros, y un chofer uniformado de azul y oro saltó de él. Llevaba un sobre en su mano enguantada.

—¡Cielos! —susurré—. ¡Ése es el coche del Duque de Hampshire!

—¿Quién es ése? —preguntó la Jirafa.

—El hombre más rico de Inglaterra —dije.

El chofer llamó a la puerta de El Empachadero.

—¡Estamos aquí arriba! —le gritó la Jirafa.

Miró hacia arriba y nos vio. Vio a la Jirafa, al Peli, al Mono y a mí, todos mirándole desde arriba, pero no se movió ni un solo músculo de su rostro, ni siquiera se alzó una de sus cejas. Los choferes de los hombres riquísimos nunca se sorprenden por nada de lo que puedan ver. Entonces el chofer dijo:

—Su Gracia, el Duque de Hampshire, me ha dado instrucciones de que entregue este sobre a la Compañía de Limpiaventanas Desescalerados.

—¡Ésos somos nosotros! —gritó el Mono. Y la Jirafa dijo:

—Tenga usted la bondad de abrir el sobre y leernos la carta.

El chofer desdobló el papel y comenzó a leer: "Estimados Señores, vi su anuncio cuando pasaba por ahí en coche esta mañana. He estado buscando un aceptable limpiaventanas durante los últimos cincuenta años y aún no lo he encontrado. Mi casa tiene seiscientas setenta y siete ventanas (sin contar los invernaderos) y todas ellas están hechas una porquería. Tengan la amabilidad de venir a verme lo antes posible. Atentamente suyo, Hampshire."

—Esto —añadió el chofer con una voz transida de reverencia y respeto— lo escribió

Su Gracia, el Duque de Hampshire, de su puño y letra.

La Jirafa le dijo al chofer:

—Por favor, dígale a Su Gracia, el Duque, que estaremos con él lo antes posible.

El chofer se llevó la mano a la gorra y volvió a meterse en el Rolls-Royce.

—¡Yuupiiii! —chilló el Mono.

—¡Fantástico! —exclamó el Pelícano—. ¡Ése debe ser el mejor trabajo de limpieza de cristales del mundo!

—Billy, ¿cómo se llama la casa y cómo se llega hasta ella? —dijo la Jirafa.

—Se llama Hampshire House —dije—. Está justo en lo alto de la colina. Les enseñaré el camino.

—¡Vamos! —gritó el Mono—. ¡Vamos a ver al Duque!

La Jirafa se agachó y salió por la altísima puerta. El Mono saltó del alféizar de la ventana al lomo de la Jirafa. El Pelícano, conmigo dentro de su pico jugándome la vida, hizo un vuelo y quedó encaramado justo sobre la cabeza de la Jirafa. Y nos pusimos en camino. No tardamos mucho en presentarnos a las puertas de Hampshire House, y a medida que la Jirafa avanzaba lentamente por la avenida principal del jardín, todos empezamos a notarnos un poquito nerviosos.

—¿Cómo es el Duque ese? —me preguntó la Jirafa.

—No lo sé. Pero es muy famoso y muy rico —le dije—. La gente dice que tiene veinticinco jardineros sólo para cuidar sus macizos de flores.

Pronto apareció ante nosotros la enorme mansión. ¡Menudo edificio! ¡Era como un palacio! ¡Qué digo, mayor que un palacio!

—Mira todas esas ventanas —gritó el Mono—. ¡Tenemos trabajo para toda la vida!

En ese momento oímos de pronto la voz de un hombre a escasa distancia hacia la derecha:

—¡Quiero esas negras grandes que están en la copa del árbol! —estaba gritando el hombre—. ¡Alcánzame esas tan grandes y negras!

Miramos por entre los arbustos y vimos a un señor ya mayor con un inmenso mostacho blanco al pie de un alto cerezo y que apuntaba con un bastón al aire. Había una escalera apoyada contra el árbol y otro hombre, que

probablemente era un jardinero, estaba en lo alto de la escalera.

—¡Agárrame esas tan grandotas, negras y jugosas que están justo en la copa! —estaba gritando el hombre.

—No llego hasta ellas, Su Gracia —exclamó el jardinero—. ¡La escalera no es lo bastante alta!

—¡Maldición! —gritó el Duque—. ¡Tenía tantas ganas de comerme esas tan hermosas!

—¡Vamos allá! —me susurró el Pelícano, y emprendió un rápido vuelo que en un instante nos llevó a la copa del cerezo, donde se posó—. ¡Tómalas, Billy! —me dijo en voz

muy baja—. ¡Cógelas rápidamente y pónme-
las en el pico!

El jardinero se llevó tal susto que se cayó
de la escalera. Debajo de nosotros se oyó gritar
al Duque:

—¡Mi escopeta! ¡Tráeme mi escopeta! ¡Algún maldito monstruo en forma de ave me está robando mis mejores cerezas! ¡Fuera de aquí! ¡Váyase! ¡Ésas son mis cerezas, no las suyas! ¡Le mataré de un tiro por esto! ¿Dónde está mi escopeta?

—¡Deprisa, Billy! —me susurraba el Pelícano—. ¡Vamos, deprisa, deprisa!

—¡Mi escopeta! —le gritaba el Duque al jardinero—. ¡Tráeme mi escopeta, idiota! ¡Me comeré a ese ladronzuelo de pájaro para desayunar! ¡Verás cómo lo hago!

—¡Ya las he recogido todas! —le dije en un murmullo al Pelícano. Inmediatamente, Peli hizo un vuelo en picada y aterrizó justo al lado del Duque de Hampshire, quien seguía dando saltos de rabia y agitando su bastón en el aire.

—¡Sírvase, Su Gracia! —dije asomándome por el borde del pico del Pelícano y ofreciéndole un puñado de cerezas al Duque.

El Duque se quedó estupefacto.

Retrocedió un paso y sus ojos casi se le salieron de las órbitas.

—¡Por Scott el Grande! —jadeó—. ¿Qué es esto, cielos? ¿Quiénes son?

En ese momento, la Jirafa, con el Mono correteándole por la espalda, emergió súbitamente de entre los arbustos. El Duque los miró fijamente. Parecía como si fuera a darle un patatús.

—¿*Quiénes son estas criaturas?* —bramó—.
¿Es que el mundo entero se ha vuelto completamente chiflado?

—¡Somos los limpiacristales! —dijo el
Mono, y se puso a canturrear:

Limpiamos su ventanal:
brillará como el metal.
¡Como destella sobre el mar el sol!
Para Su Gracia trabajaremos
hasta que nos agotemos.
¡La Jirafa, el Pelícano y yo!

—Usted nos *pidió* que viniéramos a
verle —dijo la Jirafa.

El Duque pareció comenzar a entender
la situación. Se metió una cereza en la boca y
empezó a masticarla lentamente. Luego escu-
pió el hueso.

—Me gusta el modo en que han aga-
rrado esas cerezas —dijo—. ¿Podrían también
recogerme las manzanas en otoño?

—Podremos, podremos. ¡Claro que podremos! —gritamos todos.

—¿Y quién eres *tú*? —dijo el Duque,
apuntando con su bastón hacia mí.

—Es nuestro director gerente —dijo la Jirafa—. Se llama Billy. No vamos a ningún sitio sin él.

—Muy bien, muy bien —masculló el Duque—. Vengan conmigo y veamos si son de alguna utilidad limpiando ventanas.

Salté del pico del Pelícano y el anciano Duque me tomó amablemente de la mano mientras nos encaminábamos hacia la mansión.

Cuando llegamos, el Duque dijo:

—¿Y ahora?

—Es muy sencillo, Su Gracia —replicó la Jirafa—.

Yo soy la escalera, Peli es el cubo y Mono es el limpiador. ¡Mire!

Y entonces, la famosa banda limpiaventanas se puso en acción. El Mono saltó del lomo de la Jirafa y fue a abrir el grifo de riego del

jardín. El Pelícano mantuvo su gran pico bajo el grifo hasta que se llenó de agua. Luego, con un maravilloso salto, el Mono volvió a colocarse en el lomo de la Jirafa. Desde allí, con la misma facilidad que si estuviera trepando a un árbol, se encaramó por el cuello de la Jirafa arriba hasta llegar a nosotros, mirando a la Jirafa desde abajo.

—Haremos primero el primer piso —gritó la Jirafa hacia abajo—. Acerca el agua, por favor.

—No se preocupen de los pisos más altos. De todos modos no podrán alcanzarlos…

—¿Quién dice que no? —exclamó la Jirafa.

—Yo lo digo —le contestó el Duque con firmeza—. No quiero que ninguno de ustedes se rompa el cuello intentando llegar hasta allí.

Si quieres caerle bien a una Jirafa, nunca digas nada malo de su cuello. De todas las cosas de su propiedad, el cuello es de la que están más orgullosas.

—¿Qué pasa con mi cuello? —se revolvió la Jirafa.

—¡No discutas conmigo, pintoresca criatura! —gritó el Duque—. Si no puedes llegar, no puedes llegar y se acabó. Ahora continúa con tu trabajo.

—Su Gracia —dijo la Jirafa con una pequeña sonrisa de conmiseración—, no hay ventana en el mundo que yo no pueda alcanzar con este cuello mágico que tengo.

El Mono, que estaba bailoteando arriesgadamente sobre la cabeza de la Jirafa, exclamó:

—¡Demuéstraselo, Jirafilla! ¡Ve y enséñale lo que puedes hacer con tu cuello mágico!

Y al momento, el cuello de la Jirafa, que de por sí ya era bastante largo, comenzó a crecer y a hacerse más largo...

Y MÁS LARGO...
Y MÁS LARGO...
Y MÁS LARGO...

Y MÁS ALTO...
Y MÁS ALTO...
Y MÁS ALTO...

Hasta que finalmente la cabeza de la Jirafa, con el Mono sobre ella, quedó al nivel de las ventanas del piso más alto.

La Jirafa miró hacia abajo desde aquella gran altura y le dijo al Duque:

—¿Qué tal así?

El Duque se había quedado sin habla. Igual que yo. Era lo más mágico que había visto en mi vida, incluso más mágico que el Pico Patentado del Pelícano.

Por encima nuestro la Jirafa estaba empezando a cantar una cancioncilla, pero cantaba tan bajito que yo apenas podía captar sus palabras. Creo que era algo parecido a esto:

Mi cuello hasta muy arriba se puede estirar
Más alto de lo que las águilas suelen volar
Y si quisiera demostrar
Hasta dónde puede llegar
Perderán de vista mi cabeza, sin dudar.

El Pelícano, con su gran pico lleno de agua, voló hasta arriba y se posó en uno de los alféizares del piso más alto, cerca del Mono, y fue entonces cuando comenzó realmente la gran operación de limpieza de ventanas. La velocidad a la que trabajaba el equipo era asombrosa, tan pronto como una ventana estaba ya lista, la Jirafa llevaba al Mono a la siguiente, y el Pelícano les seguía.

Cuando todas las
ventanas del cuarto piso es-
tuvieron hechas, a la Jirafa
le bastó con encoger su cuello mágico hasta dejar al
Mono al nivel de las ven-
tanas del tercer piso, con
las que se pusieron a trabajar inmediatamente.

—¡Alucinante! —ex-
clamó el Duque—. ¡Asombroso! ¡Sorprendente! ¡Increíble! ¡Durante cuarenta años no he
podido mirar por ninguna de
mis ventanas! ¡Ahora podré
sentarme dentro y disfrutar
del panorama!

De repente observé
que los tres limpiaventanas
se detuvieron en seco. Pare-
cieron quedarse helados
contra la pared del edi-
ficio. Ninguno de
ellos se movía en
lo más mí-
nimo.

—¿Qué les ha pasado? —me preguntó el Duque—. ¿Algo no funciona?

—No lo sé —respondí.

En ese momento, la Jirafa, con el Mono sobre su cabeza, se apartó de la casa moviéndose cautelosamente, de puntillas, y se acercó hasta nosotros. El Pelícano también bajó. La Jirafa se agachó hasta el oído del Duque y le susurró:

—Su Gracia, hay un hombre en uno de los dormitorios del tercer piso. Está abriendo

todos los cajones y vaciándolos. ¡Y tiene una pistola!

El Duque, de un salto, se elevó un palmo sobre el suelo.

—¿Cuál habitación? ¡Señálamela!

—Es aquella del tercer piso que tiene las ventanas abiertas —dijo la Jirafa con un murmullo.

—¡Por Angus! —exclamó el Duque—. ¡Ése es el dormitorio de la Duquesa! ¡Está buscando sus joyas! ¡Llamen a la policía! ¡Avisen al ejército! ¡Preparen la artillería! ¡Que cargue la Brigada Ligera!

Pero aún seguía gritando cuando el Pelícano se elevó en el aire. Mientras volaba se giró y, poniéndose boca abajo, vació toda el agua de limpieza que había en su pico.

Luego observé cómo la parte superior de su maravilloso pico patentado se deslizaba hacia afuera, dispuesta a entrar en acción.

—¿Qué va a hacer ese loco de pájaro? —gritó el Duque.

—Espere un poco y ya verá —chilló el Mono—. ¡Contenga su respiración, anciano! ¡Contenga su olfato! ¡Contenga a sus caballos y mire lo que hace Peli!

El Pelícano penetró como un proyectil por la ventana abierta, y cinco segundos después volvió a salir con su gran pico color naranja firmemente cerrado. Aterrizó en el césped, justo al lado del Duque. Desde el interior del pico del Pelícano llegaba un tremendo ruido golpeante, como si alguien estuviera empleando un martillo contra él desde adentro.

—¡Lo ha atrapado! —gritó el Mono—. ¡Peli tiene al ladrón en su pico!

—¡Bien hecho, señor! —exclamó el Duque, saltando de excitación. De pronto, tiró del puño de su bastón, y del interior de éste sacó un largo y brillante estoque.

—¡Le daré un buen repaso! —exclamó esgrimiendo su estoque con estilo—. ¡Abre, Pelícano! ¡Déjame atacarle! ¡Le daré su merecido a ese tipejo antes de que sepa lo que le ha pasado! ¡Le traspasaré como si fuera un pedazo de mantequilla! ¡Sus mollejas servirán para alimentar a mis perros!

Pero el Pelícano no abrió el pico. Lo mantuvo firmemente cerrado e hizo un gesto al Duque con la cabeza.

La Jirafa exclamó:

—¡El ladrón está armado con una pistola, Su Gracia! ¡Si Peli le deja salir nos disparará a nosotros!

—¡Puede estar armado con una ametralladora si quiere, que ya lo impediré yo! —bramó el Duque, con su espeso mostacho erizado como un haz de leña menuda—. ¡Ya me encargaré yo de ese sujeto! ¡Abra, caballero, abra!

De pronto se produjo un ensordecedor BANG y el Pelícano ascendió unos cuantos pies sobre el suelo. Lo mismo le ocurrió al Duque.

—¡Cuidado! —gritó el Duque, mientras retrocedía rápidamente diez pasos—. ¡Está tratando de salir a tiros! —y apuntando con su espada al Pelícano, vociferó—: ¡Mantenga su pico cerrado, caballerete! ¡No se atreva a dejarle salir! ¡Nos matará a todos!

—¡Agítalo bien, Peli! —exclamó la Jirafa—. ¡Haz que traqueteen todos sus huesos! ¡Que aprenda a no volver a hacerlo!

El Pelícano sacudió su cabeza a tal velocidad de lado a lado que su pico se convirtió en un borroso torbellino, y el hombre que había dentro debió sentirse como un huevo con el que se hace un revuelto.

—¡Bien hecho, Peli! —gritó la Jirafa—. ¡Estás haciendo un gran trabajo! Sigue agitándolo para que no vuelva a disparar esa pistola otra vez.

En ese momento, una dama de pecho opulento y flameante cabello anaranjado salió corriendo y dando gritos de la casa.

—¡Mis joyas! ¡Alguien ha robado mis joyas! ¡Mi diadema de diamantes! ¡Mi collar de diamantes! ¡Mis pulseras de diamantes! ¡Mis pendientes de diamantes! ¡Mis anillos de diamantes! ¡Se han llevado todo! ¡Mi habitación ha sido saqueada!

Y entonces aquella imponente mujer, que cincuenta y cinco años atrás había sido

una cantante de ópera mundialmente famosa,
de pronto rompió a cantar:

> *¿Dónde están mis joyas,*
> *matarilerilerile;*
> *dónde están mis joyas,*
> *matarilerilerón, chimpón?*

Nos quedamos tan sorprendidos por
la fuerza de los pulmones de aquella señora,
que todos los presentes, a excepción del Pelícano, que debía mantener su pico cerrado, nos
sumamos al coro:

En el fondo del mar
matarilerilerile;
en el fondo del mar,
matarilerilerón, chimpón.

—¡Cálmate, Enriqueta! —dijo el Duque. Señaló al Pelícano y le explicó—: esta inteligente ave, esta brillante criatura atrapaladrones, lo ha solucionado. ¡Tiene al bandido en su pico!

La Duquesa fijó su mirada en el Pelícano. El Pelícano a su vez fijó su mirada en la Duquesa y luego le guiñó un ojo.

—Si está ahí dentro —gritó la Duquesa—, ¿por qué no le dejan salir? Así podrías darle un repaso con tu gloriosa espada. ¡Quiero mis diamantes! ¡Abre tu pico, pájaro!

—¡No, no! —gritó el Duque—. ¡Tiene una pistola! ¡Nos matará a todos!

Para entonces alguien debía de haber llamado a la policía, pues de repente irrumpieron hacia donde estábamos no menos de cuatro coches-patrulla haciendo sonar sus sirenas.

En pocos segundos nos hallamos rodeados por seis policías, a los que el Duque dijo a grandes voces:

—¡El canalla que están buscando está dentro del pico de esa ave! ¡Estén atentos para saltarle al cuello!

Y luego le dijo al Pelícano:

—¡Prepárate para abrirlo! ¿Estás preparado?... ¿Listo?... ¡Ya! ¡Ábrelo!

El Pelícano abrió su gigantesco pico e inmediatamente los policías se arrojaron sobre el ladrón, que estaba acurrucado dentro.

Le arrebataron la pistola, le sacaron fuera y le colocaron las esposas.

—¡Por el Gran Scott! —gritó el jefe de policía—. ¡Es el mismísimo "El Cobra"!

—¿El quién? ¿El qué? —preguntamos
todos—. ¿Quién es "El Cobra"?

—"El Cobra" es el más listo y el más
peligroso ladrón-escalador de pisos que hay
en el mundo
—dijo el jefe de
la policía—.
Habrá tre-
pado por la
cañería del
desagüe.
"El Cobra"
puede trepar
por cualquier
sitio.

—¡Mis diamantes! —chilló la Duquesa—. ¡Quiero mis diamantes! ¿Dónde están mis diamantes?

—¡Aquí están! —exclamó el jefe de policía, mientras extraía grandes puñados de joyería de los bolsillos del ladrón.

La Duquesa, de puro alivio, sufrió un desvanecimiento, cayéndose al suelo.

Cuando la policía se hubo llevado al temible bandido conocido como "El Cobra", y la desmayada Duquesa hubo sido transportada a su mansión en brazos de su servidumbre, el anciano Duque permaneció en el césped junto a la Jirafa, el Pelícano, el Mono y yo.

—¡Miren! —gritó el Mono—, ese maldito disparo del ladrón ha hecho un agujero en el pobre pico de Peli.

—¡La hemos hecho buena! —dijo el Pelícano—. Ahora ya no me servirá para llevar agua cuando limpiemos las ventanas.

—No te preocupes de eso, mi querido Peli —dijo el Duque, dándole unas palmaditas en el pico—. Mi chofer te pondrá enseguida un parche ahí encima, igual que si arreglara una ponchadura de un neumático del Rolls. Ahora tenemos que hablar de cosas mucho más importantes que de un agujerillo en un pico.

Y nos quedamos aguardando a ver qué nos diría a continuación el Duque.

—Ahora, escúchenme todos —dijo por fin—. Esos diamantes valían millones. ¡Muchos millones! Y *ustedes* los rescataron.

El Mono asintió. La Jirafa sonrió. El Pelícano se sonrojó.

—No hay recompensa lo suficientemente buena para *ustedes* —prosiguió el Duque—. Así que les voy a hacer una oferta que espero les complazca. Y digo que invito a la Jirafa, al Pelícano y al Mono a vivir en mi residencia por el resto de su vida. Les concederé mi mejor y más grande cuadra para que la usen como su vivienda. Calefacción central, duchas, una cocina y todo lo que puedan desear para su confort será instalado allí. A cambio, ustedes mantendrán limpias mis ventanas y recogerán mis cerezas y manzanas. Si el Pelícano lo tiene a bien, quizá quiera darme un paseo aéreo en su pico de vez en cuando.

—Será un placer, Su Gracia —exclamó el Pelícano—. ¿Quiere que demos una vuelta ahora?

—Más tarde —dijo
el Duque—. Daremos
una después del té.

En ese momento la
Jirafa tosió ligeramente y
dirigió su mirada al cielo.

—¿Hay algún pro-
blema? —preguntó el
Duque—. Si lo hay, por
favor házmelo saber.

—No quisiera pa-
recer ingrata ni imper-
tinente —masculló la
Jirafa—, pero tenemos
un problema bastante

agobiante. Los tres estamos realmente hambrientos. Llevamos varios días sin comer.

—¡Mi *querida* Jirafa! ¡Qué desconsideración la mía! ¡Aquí la comida no constituye ningún problema!

—Me temo que el asunto no es tan fácil de resolver —respondió la Jirafa—. Mire usted, a mí, por ejemplo, me ocurre que…

—¡No me lo digas! —exclamó el Duque—. ¡Ya lo sé! Soy un experto en animales de África. En cuanto te vi supe que no eras una jirafa común y corriente. Eres de la variedad geraniácea, ¿no es así?

—Está usted absolutamente en lo cierto, Su Gracia —dijo la Jirafa—. Pero el inconveniente que tenemos es que únicamente comemos…

—No necesitas decírmelo —dijo el Duque—. Sé perfectamente bien que una jirafa geraniácea sólo puede comer un tipo de alimento. ¿No estoy en lo cierto si afirmo que las flores rosadas y purpúreas del árbol del retintín constituyen su única dieta?

—Sí —suspiró la Jirafa—. Y ése ha sido mi gran problema desde que llegué a este lugar.

—Ése no es ningún problema aquí, en Hampshire House —dijo el Duque—. Echa un vistazo, mi querida Jirafa, y encontrarás la única plantación de retintines que hay en todo el país.

La Jirafa echó un vistazo. Un grito de estupefacción se ahogó en su garganta. En un primer momento el asombro le impidió hablar. Grandes lágrimas de alegría comenzaron a rodarle mejilla abajo.

—Sírvete —dijo el Duque—. Come todo lo que quieras.

—¡Ay, mi alma bendita! —dijo entrecortadamente la Jirafa—. ¡Ay, por mi cuello sin fin! ¡No puedo creer lo que estoy viendo!

Instantes después galopaba a toda velocidad a través de los prados relinchando de

excitación y lo último que vimos de ella fue su cabeza zambulléndose entre las matas de hermosas flores rosadas y purpúreas que adornaban las copas de los árboles que la rodeaban.

—En cuanto al Mono —prosiguió el Duque—, creo que también le gustará lo que voy a ofrecerle. Por toda mi finca hay miles de hermosos árboles con nueces...

—¿Nueces? —gritó el Mono—. ¿Qué clase de nueces?

—Nueces de nogal, por supuesto —dijo el Duque.

—¡Nueces de nogal! —exclamó el Mono—. ¿No de avellano? ¿De verdad son de nogal? ¿No estará usted bromeando? ¡No puede hablar en serio! He debido de oír mal...

—Precisamente allí hay un nogal —dijo el Duque, señalándolo con el dedo.

El Mono salió disparado como una flecha, y unos segundos más tarde estaba ya encaramado en las ramas del nogal, rompiendo cáscaras y engullendo su interior.

—Sólo falta el Peli —añadió el Duque.

—Sí —dijo el Pelícano algo nervioso—, pero me temo que lo que yo como no crece en los árboles. Sólo como pescado. ¿Sería demasiado engorroso, me pregunto, si le pidiera diariamente una razonable porción de bacalao o de merlango?

—¡Merlango o bacalao! —repitió el Duque, escupiendo las palabras como si le dejaran un mal sabor en la boca—. Querido Peli, echa un vistazo allí, en dirección al sur.

El Pelícano dirigió su mirada a través de la vasta propiedad, en dirección al punto señalado, y a lo lejos divisó un ancho río.

—¡Ése es el río Hamp! —gritó el Duque—. ¡El mejor río salmonero de toda Europa!

—¡Salmón! —chilló el Pelícano—. ¡Salmón! ¿Seguro que no son truchas?

—¡Está lleno de salmones! Y me pertenece. Puedes ir y despacharte a gusto.

Antes de que hubiera terminado de hablar, el Pelícano estaba ya en el aire.

El Duque y yo le observamos alejarse a toda velocidad hacia el río. Le vimos trazar círculos sobre el agua hasta que de pronto se zambulló y desapareció. Instantes después volvía a estar en el aire y llevaba un gigantesco salmón en el pico.

Me quedé a solas con el Duque en el prado, al lado de su gran mansión.

—¿Y bien, Billy? —me dijo—. Me alegro de que estén todos satisfechos. Pero, ¿y tú, muchacho? Me pregunto si no tendrás tú también un capricho personal que satisfacer. Si es así, me encantaría que me lo dijeras.

De pronto noté un hormigueo en los dedos de los pies. Sentí como si algo formidable fuera a pasarme en cualquier momento.

—Sí —murmuré con nerviosismo—. Tengo un pequeño deseo muy especial.

—¿Y cuál es? —dijo amablemente el Duque.

—Hay una vieja casa de madera cerca de donde vivo —le dije—. Se llama El Empachadero, y antiguamente fue una confitería. Siempre he deseado que algún día viniera alguien y volviera a convertirla en una nueva y maravillosa dulcería.

—¿Alguien? —bramó el Duque—. ¿Qué quieres decir con *alguien*? Tú y yo haremos eso. ¡Lo haremos juntos! La convertiremos

en la más maravillosa dulcería del mundo. ¡Y tú, muchacho, serás su dueño!

Cada vez que el anciano Duque se enardecía, sus enormes bigotes se le erizaban y brincaban. En esta ocasión le brincaban arriba y abajo de tal modo que parecía que tenía una ardilla en la cara.

—¡Por Angus, caballerete! —gritó agitando su bastón—. ¡Iré a comprar ese sitio hoy mismo! Luego pondremos manos a la obra y lo tendremos listo en un santiamén. ¡Espera y verás qué locura de confitería nos va a resultar ese Empachadero tuyo que dices!

Fue asombroso lo rápidamente que empezaron a sucederse las cosas desde entonces. No hubo ningún problema en comprar la casa, ya que pertenecía a la Jirafa, al Pelícano y al Mono, quienes insistieron en regalársela al Duque.

Luego se instalaron allí albañiles y carpinteros que reconstruyeron todo

el interior, de modo que volvió a tener tres pisos. En los tres pisos instalaron muchas estanterías, hasta alcanzar una gran altura, por lo que había escaleras para poder llegar hasta las de más arriba, y cestas para transportar lo que se compraba.

Más tarde, dulces, chocolates, chiclosos y otras delicias comenzaron a proliferar hasta ocupar todas las estanterías. Llegaron por vía aérea, de todos los países del mundo, las más exóticas y deliciosas cosas que pueda uno imaginarse.

Había Cosquichicles y Espumisodas de China, Soflidulces y Chocopíldoras de África, Crujichupes y Golosorbetes de las Islas Fiji, y Regalambres y Cremascables del País del Sol de Medianoche.

Durante dos semanas continuó la invasión de cajas y sacos.

Ya no puedo recordar todos los países de los que procedían, pero pueden estar bien seguros de que en cuanto desempacaba cada envío yo lo etiquetaba con todo cuidado. Me acuerdo especialmente de las Pralinetas Gigantes de Australia, cada una con una roja y jugosa fresa oculta dentro de su crujiente forro de chocolate… y los Chiribitoffees Eléctricos, que hacían ponerse de puntas todos los pelos de la cabeza de uno en cuanto te los metías en la boca… y había Carambanillos de Jalea, y Bocanatas Efervescentes, y Tartaletas de Sorbete y Ajonjolines Espolvoreados, e igualmente había todo un muestrario de espléndidos productos de la gran fábrica Wonka, por ejemplo, sus famosas Pastillas del Arco Iris de Willy Wonka, que se chupan y uno puede escupir en siete colores diferentes. Y sus Pegamandíbulas, para padres habladores. Y sus Mentabarras, capaces de dejarle a tu amigo los dientes color verde durante un mes.

El día de la Gran Inauguración decidí permitir a todos mis clientes que se sirvieran lo que quisieran, todo gratis. Así que el establecimiento quedó tan atestado de niños que apenas se podía uno mover. Las cámaras de televisión y los reporteros de los periódicos estaban todos allí, y el anciano Duque en persona observaba la maravillosa escena desde la calle, acompañado por mis amigos la Jirafa, el Pelícano y el Mono. Yo salí de la tienda para acompañarles durante un momento y les

llevé a cada uno una bol-
sa de selectos dulces
surtidos como
regalo.

Como
el tiempo era
más bien frío,
al Duque le
llevé algunos
Chamusquetones
que me habían llegado desde Islandia. La etique-
ta decía que se garantizaba que la persona
que los saboreara entraría en calor como un
infiernillo, aunque estuviera desnudo en el
Polo Norte en mitad del invierno. En cuanto
el Duque se metió uno en la boca, los agujeros
de la nariz del veterano aristócrata comenzaron a expulsar un humo denso en tales canti-
dades que llegué a creer que sus bigotazos se
habían prendido fuego.

—¡Formida-
ble! —exclamó, dan-
do saltos—. ¡Un gé-
nero de primera! Me
llevaré a casa una caja.

A la Jirafa le llevé
una bolsa de Dulcesencias
de Oriente. La dulcesencia es
un confite extraordinaria-
mente delicioso que se hace en
algún lugar próximo a la Meca,
y que en el momento en que se
muerde todos los perfumados néc-
tares de Arabia se vierten garganta
abajo uno detrás de otro.

—¡Es maravilloso! —ex-
clamó la Jirafa, cuando una cas-
cada de deliciosos aromas líqui-
dos se derramó por el interior
de su larguísimo cuello abajo.

—¡Sabe incluso mejor
que esas flores favoritas mías
de color rosa y púrpura!

Al Pelícano le llevé
un gran paquete de
Pistachiflos.

Los Pistachiflos, como probablemente saben, los compran los niños que no son capaces de silbar una canción mientras caminan por la calle, por mucho que lo pretendan. Surtieron un espléndido efecto en el Pelícano, pues después de meterse uno de ellos en el pico y masticarlo durante un momento, pronto se puso a silbar como un ruiseñor. Esta circunstancia le entusiasmó, ya que los pelícanos no son aves que silben. Con anterioridad, no se sabía de ningún pelícano que hubiera sido capaz de silbar una melodía.

Al Mono le di una bolsa de Torrantes del Diablo, esos pequeños y poderosos dulces que no está permitido vender a los niños menores de cuatro años.

Después de chupar un Torrante del Diablo durante un minuto, le prendes fuego a tu aliento y puedes lanzar al aire una importante llama de fuego.

El Duque puso un cerillo encendido delante del hocico del Mono y le ordenó:

—¡Sopla, Mono, sopla!

Cuando éste lo hizo una gran llama anaranjada se elevó hasta el tejado del edificio del Empachadero. Resultó maravilloso.

—Aho-
ra los tengo
que dejar —les
dije—. Tengo
que irme a la
tienda a atender
a mis clientes.

—También
nosotros nos tene-
mos que ir —dijo
la Jirafa—. Tene-
mos que limpiar un
centenar de venta-
nas antes de que se
haga de noche.

Me despedí
del Duque y luego
me despedí, uno por
uno, de los tres me-
jores amigos que he
tenido.

En un instante,
todos nos quedamos
muy callados y me-
lancólicos, y pareció
que el Mono estaba a

punto de llorar cuando se puso
a cantarme una cancioncilla de
despedida:

En mi garganta hay un nudo,
despedirme se hace duro.
¡Y es que conocerte nos encantó!
Los tres te estamos rogando,
ven a vernos de vez en cuando.
¡La Jirafa, el Pelícano y Yo!

Conseguirás que estemos contigo
cuando abras de nuevo este libro.
¡Siempre estaremos aquí éstos y yo!
Pues no hay libro que sea aburrido
si están dentro de él tus amigos,
¡La Jirafa, el Pelícano y Yo!